KB052489

AI가 써 내려간

가을스케치

미디어북

AI가 써 내려간 가을스케치

초 판 인 쇄	2023년 9월 07일	
초 판 발 행	2023년 9월 15일	

공 저 자	최재용 고미정 김경희 김나리 김래은 김명희 김영은 문서준 송윤이 유경화 이도혜 이서형 이신우 진상호
감 수	김진선

발 행 인	정상훈
디 자 인	신아름
펴 낸 곳	미디어북

서울특별시 관악구 봉천로 472
코업레지던스 B1층 102호 고시계사

대 표 02-817-2400   팩 스 02-817-8998
考試界 · 고시계사 · 미디어북 02-817-0419
www.gosi-law.com
E-mail : goshigye@chollian.net

판 매 처	미디어북 · 고시계사
주 문 전 화	817-2400
주 문 팩 스	817-8998

정가 15,000원   ISBN 979-11-89888-62-6   03810

미디어북은 고시계사 자매회사입니다

AI가 써 내려간 가을스케치

온 세상을 삼켜버릴 듯 뜨거운 계절 여름이 서서히 물러서고 있습니다. 그리고 그 여름이 머물다 간 자리에 이제 '가을'이 슬그머니 자리에 들어서고 있습니다.

당신은 '가을'이란 단어 속에서 무엇을 떠올리겠는지요? 아니 어떤 추억의 단상들이 떠오르십니까? '가을'이란 단어가 주는 쓸쓸함, 고즈넉함, 스산함, 풍요로움 등 다양한 감정의 얼굴을 담고 있는 것이 바로 '가을'의 모습입니다.

치열했던 여름을 이겨내고 다시 모진 겨울이 올 것을 준비해야 하는 계절 '가을'. 이 가을에 당신은 어떤 심상이 되어 가을을 추억해 보실까요? 가을의 황금빛이 땅을 감싸며, 바람은 부드럽게 몰아치고 있습니다. 나뭇잎은 저절로 춤추며 땅 위에 흩어져 가을의 경치를 더욱 아름답게 만들어줍니다.

이제 한국AI예술협회에서는 그 아름다움을 담아 14명의 시인들이 함께한 두 번째 시화집 'AI가 써 내려간 가을 스케치'를 세상에 내놓고자 합니다.

여기, 가을의 숨결과 자연의 울림이 어우러진 공간에서 저희는 말로 표현하기 어려운 감동과 아름다움을 담았습니다. 이 시화집은 마음과 영혼에 깊이 다가오며, 한 줄기 빛처럼 따스한 위로와 영감을 선사할 것입니다.

14명의 시인들은 다양한 시각과 경험으로 가득 찬, 그 자체가 예술적인 존재들입니다. 그들은 자연에서 영감을 받아 소나무 숲에서부터 단풍나무가 울리는 곳까지 다채롭고 아름다운 가을의 모습을 그립니다. 그리고 그 안에는 사랑과 희망, 이별과 회한, 성장과 변화, 그리움과 추억을 담아내어 여러분에게 잊지 못할 여정으로 안내할 것입니다.

시화집은 우리가 자칫 바쁜 삶의 테두리 속에서 놓칠 수 있었던 우리의 소중한 마음과 추억을 모아, 잠시 멈춰 생각하고 감상하는 시간이고 자리입니다. 가슴 깊이 스며든 문장들은 독자를 마음속 깊은 곳으로 인도해 줄 것입니다. 그곳에서 여러분은 자신만의 해석과 감정으로 시(詩)와 화(畵)와 함께 춤추며 창조적인 여정에 동참할 수 있습니다.

저희 14명의 시인들이 AI와 조우하며 함께 만든 이 시화집은 예술적인 협업의 결실입니다. 서로 다른 색깔과 음조를 지닌 글귀와 그림들이 하나로 어우러져 완성된 작품입니다. 이 작품이 여러분에게 사랑스럽고 따뜻한 추억으로 남길 바라며, 가을의 아름다움에 대한 새로운 발견과 영감으로 여러분 모두를 초대합니다.

그럼, 이 멋진 시화집 'AI가 써 내려간 가을 스케치'를 펼쳐보세요.

여러분의 시선은 걷던 길 위에서 멈춰 선 순간부터 시작됩니다. 여러분은 지금부터 천천히 열린 페이지마다 떨어지는 나뭇잎 하나하나와 함께 작문 된 문장들 사이로 걷어 보세요. 여유롭게 지친 일상에서 벗어나 신선하고 평온한 순간들을 만날 수 있기를 기대합니다.

한편, 한편 시화가 펼쳐질수록 색다른 장면과 정서가 여러분들의 마음을 흔들었으면 좋겠습니다. 시화집 'AI가 써 내려간 가을 스케치'를 마주하면서 당신만의 해석과 감정으로 자유롭게 탐색해 보세요. 그곳에서 예쁜 문구와 화려한 이미지 그리고 조용함 속 한줄기 따스함까지 모든 것들이 당신 안에 있는 심상과 어울리며 웃으며 함께 춤추며 아름답게 어우러지기를 바랍니다.

그리고 오래도록 기억될 추억으로 남았으면 좋겠습니다. 'AI가 써 내려간 가을 스케치'는 바로 당신의 가을, 당신의 눈물, 당신의 사랑, 당신의 아름다움, 당신의 추억 그리고 당신의 세상입니다.

부디, 즐거운 여정 되십시오!

2023년 9월 가을에
한국AI예술협회 회장 최 재 용

차 례

8   형파 **최재용**   **가을 스위스에서의 행복한 산책** 외 9편

20   청담 **고미정**   **스물 다섯** 외 9편

32   청명 **김경희**   **어쩌다 낭독** 외 9편

44   여선 **김나리**   **가을을 기다리며** 외 9편

56   은파 **김래은**   **시골길** 외 9편

68   청음 **김명희**   **가을 문턱에서** 외 9편

80   리아이 **김영은**   **기다려온 달콤함** 외 9편

92   칼리타 서준   **황혼의 날개** 외 9편

104   해랑 송윤이   **희망의 선율** 외 9편

116   여랑 유경화   **별빛 그리움** 외 9편

128   화랑 이도혜   **남이섬의 가을 추억** 외 9편

140   해봄 이서형   **가을꽃** 외 9편

152   천포 이신우   **가을의 첫 만남** 외 9편

164   애학 진상호   **가을에 꿈꾸는 사랑** 외 9편

형파 최재용

- 2015년 국보문학 등단시인
- 국내1호 AI아티스트
- 한국AI예술협회 회장

• 형파 : 빛나는 언덕

가을 스위스에서의 행복한 산책

형파 최재용

가을바람에 스위스 레만 호수를 걸으며
낙엽 속에 발을 담그는 남자의 웃음

산들바람에 흩날리는 머리카락
호수의 반짝임에 빛나는 눈동자

물결의 속삭임, 나뭇잎의 노래
그의 발걸음은 가을의 춤을 추네

이미지 출처 : Midjourney

기차를 타고 가을 여행을 떠나는 남자

형파 최재용

기차 창 밖으로 흩날리는 낙엽들
그 사이로 보이는 가을의 풍경은
마치 시간을 거슬러 올라가는 듯하다

남자는 창가에 앉아
멀리 펼쳐진 황금빛 들판을 바라보며
잠시의 여유를 느낀다

그의 마음속에는
과거의 추억과 미래의 꿈이
기차와 함께 달려간다

가을바람이 그의 머리카락을 스치면서
그는 미소를 짓는다
이 순간, 그는 자신만의 세계에 빠져
시간과 공간을 잊어버린다

기차는 계속 달려가고
남자는 그 안에서
자신만의 여행을 계속한다

이미지 출처 : Midjourney

11

푸른 가을의 노래

형파 최재용

푸른 가을 하늘 아래
잔잔한 바람이 불어오는 날

나무들의 잎사귀는 노랗게 변하고
떨어지는 잎들은 땅에 누워
가을의 노래를 부르며
푸른 하늘 아래 흩어지네

하늘은 맑고 투명하게
구름 한 점 없이 펼쳐져 있어
그 속에 나의 마음도 펼쳐져
가을의 푸른 하늘을 담아간다

미지 출처 : Midjourney

12

가을 남자

형파 최재용

가을 입니다
그냥 멈추었으면 좋겠습니다
가을은 가지 말았으면 좋겠습니다

가을이 좋은 가을남자는
가을이 오면 설렙니다

그 어떤 설렘보다 더 설레는
그 이름 가을! 정말 좋습니다

그 좋은 가을! 그 가을 산야에서
인생을 생각합니다

삶을 돌아봅니다
내가 서있는 자리를 점검해 봅니다

그렇게 좋은 가을 한 가운데서
가을 남자는 가을을 붙들어 봅니다

가을의 자유로움

형파 최재용

가을 햇살에 흔들리는 잎사귀와 함께,
기차를 타고 여행하는 남자
노을빛 강물이 그의 눈동자에 비친다

가을의 아름다움을 담아 쓰는 그의 시가 마음에 울려퍼진다
가을의 자유로움을 향한 그의 여정은 끝이 없다

그의 시는 영원히 가을의 아름다움을 노래할 것이다

오대산의 황금빛 추억

형파 최재용

오대산의 가을은 황금빛으로 물든다
단풍이 물결치는 숲속의 길을 걸으며
바람에 흔들리는 나뭇잎의 속삭임을 듣는다

평창의 하늘 아래, 가을의 추억이 쌓인다
빛나는 별들 사이로, 그리운 마음이 흘러간다
산새의 노래와 함께, 가을의 꿈을 꾼다

오대산의 가을, 그 아름다운 순간들
평창의 바람에 실려, 영원한 추억으로 남는다

이미지 출처 : Midjourney

가을 하늘의 노래

형파 최재용

가을 바람 속에 흩날리는 구름은
내 마음을 감싸 안고, 도시 위에 흘러간다

하늘은 푸른 잉크로 그린 것 같고
가을의 노을은 구름을 물들인다

누군가의 꿈, 누군가의 사랑은
가을 하늘 아래 구름의 그림자로 남아 영원히 살아 숨 쉰다

이미지 출처 : Midjourney

16

Le Parfum de l'Automne à Paris

Lumineuse colline, Choi Jaeyong

L'automne à Paris, les feuilles tombées à chaque coin

La sérénité au bord de la Seine

La lueur verte sur la colline de Montmartre

L'arôme du café latte s'échappant des rues

Sous l'ombre de la cathédrale Notre-Dame

Les murmures des amoureux

Des souvenirs ténus emportés par le vent d'automne

Le peintre de rue devant le Louvre chante la magie des couleurs

L'automne à Paris, se transforme en un poème

L'automne à Paris, un moment suspendu dans le temps

Le parfum de souvenirs qui resteront à jamais

가을 하늘여행

형파 최재용

푸른 가을 하늘 위
창공을 향해 날아가는 패러글라이더의 꿈
하늘과 땅 사이에서 느끼는 자유의 향기

높이 날아가, 너의 꿈을 향해
푸른 가을의 하늘 아래서
그림 같은 풍경을 담아내
이 순간, 영원히 기억하리

이미지 출처 : Midjourney

푸르른 날의 약속

눈이 부시게 푸르른 날
그날의 햇살이 너의 얼굴에 미소를 그려줄 때
세상의 소음은 잊고, 너와 나만의 세계로 떠나자

사랑하는 너와 손을 맞잡고
바람이 살랑살랑 부는 바다가
우리의 발아래 흰 파도가 되어 줄 그곳으로

저 푸르름 속에서, 우리의 시간은
물결처럼 부드럽게 흐르고
세상의 모든 걱정과 근심은 먼 곳에 묻혀버릴 것 같아

눈이 부시게 푸르른 날
사랑하는 너와 함께면
어디든지 천국 같을 것만 같아
그래, 그런 날은 나와 여행을 하자

청담 고미정

· 디지털융합교육원 교수
· 한국AI예술협회 부회장
· 아트앤 뉴스 기자

- 청담(淸談) : 청아한 이야기로 아름다운 사회를 만드는데 도움이 되고 싶
  은 마음을 표현한 호

스물 다섯

청담 고미정

사랑이 시작된 그날부터
너의 웃음에 설레임을 느꼈고
손짓 하나에도 가슴이 떨렸다

계절이 바뀌어도 변치 않았고
매일이 너로 시작되어
너로 끝났다

시간이 흘러도 스물다섯은
영원히 마음속에 남아 있다

오페라의 유령

청담 고미정

어느 가을 날
오페라의 유령을 지켜보며
팬텀의 노래에
흠뻑 빠져버린 나

그 고요한 순간,
무대 위의 아름다운 빛과 그림자
서려가는 공기에
마음이 흔들려 날개짓 하니

은은한 달빛 아래
크리스틴과
가을 바람이 만나
내 마음의 문을 두드린다

자화상

청담 고미정

에펠탑 아래 트로카데로 정원에서
고독한 여인의 발걸음이 멈춰선다

떨어지는 낙엽처럼 흘러간 시간
인생의 순간들을 되새기며 눈물 흘린다

영화 속의 꿈처럼
여인의 마음은 파리의 불빛에 스며든다

인생이란
뜨거운 인기와 비난 사이
늘 그 사이에 있음을 알게 된다

이미지 출처 : Midjourney

가을 사랑

청담 고미정

단풍처럼
붉은 설렘

그대의 품은
황금 들판

네 계절을 돌아온
느린 우리들 걸음

발맞춤
은행잎 아래 빛나는!

이미지 출처 : Midjourney

25

부다페스트로 보내는 편지

청담 고미정

딸아!
다뉴브 강 물빛은 어떠한지
부다페스트 거리는 붐비는지

히포크라테스 선서 마음에 새기면서
오늘도 생명의 신비를 느끼며
우주를 만나는지
그때마다 너의 세포 하나 하나 열리는지
기적을 품은 손에
빛이 흐르는지

강물보다
거리보다
생명의 신비보다
우주보다
기적보다

너를 생각한다고
너만 생각한다고 노래 부른다
딸아!

별이 가득한 밤에

* 부다페스트에서 의대에 다니는 딸에게 보내는 편지

이미지 출처 : Midjourney

가을연가

청담 고미정

가을밤의 부드러운 속삭임
달빛 아래 빛나는 와인 잔엔
루이즈 글릭의 따뜻한 시가 흐른다

눈풀꽃이 우리 마음을 스치는 순간
와인의 달콤함이 입술을 타고
포도밭이 넝쿨째 가슴을 파고든다

창문 밖으로 비치는 그믐달에
가을밤은 점점 깊어만 가고
그대와 나, 루이즈의 세계로 함께 빠져든다

* 루이즈 엘리자베스 글릭(Louise Elisabeth Glück, 1943년 4월 22일 ~)
  은 미국의 시인, 수필가. 2020년 노벨문학상 수상

DESIRE

잠들지 않는 시간

청담 고미정

너의 마음 꼭대기
너의 둥근 손톱무늬까지 나는 기억해

마음 속에 깃을 접고 살던
파랑새 한 마리 날려 보내

오늘 아니면 내일
늦은 밤 혹은 이른 새벽
너에게 도착할 거야

털중나리

청담 고미정

한 바탕
장대비 지난 길섶
숭숭 빠진
털중나리 꽃 잎

놓칠까 꼭 쥐던 손가락
군데군데 검버섯 핀
할머니 손 같던

지금은 어디에서
허리굽혀 내려다 볼까
숭숭 이빠진
주홍빛 털중나리

이미지 출처 : Midjourney

살아남은 자의 슬픔, 화악산의 비목

청담 고미정

화악산 산비탈 비목은 보았다
새봄 반질거리던 잎사귀, 모두 사라지고
가지도, 몸통도, 밑동까지
폭격으로 파헤쳐진 나무처럼
군번도, 얼굴도, 팔 다리도 없이
떨어진 나뭇잎이 되어
겹겹이 포개져 뒹구는
어린 학도병들을

비목은 보았다
어둠 속에 별빛처럼 눈망울만 빛나던
폭격을 피해 바위 한쪽에 기대에 숨어있던
뒹굴며 부딪히며 마을을 향해 달음질치던
그해 6월 살아남아
헐떡이던 소년병 하나

비목은 들었다
그날 검은 바위틈에 토해내던
소년의 숨소리
다시 찾은 고향에서도
붙잡혀 들어간 감옥에서도
어른이 된 어떤 날에도 참은 숨 단 한 번도
맘껏 내쉬지 못했던
죽어가는 새처럼 삼키던
가여운 숨소리를

비목은 안다
살아남은 자도 죽은 자도
모든 가슴에 형벌로 새겨진
전쟁 남긴 죄책감을
팔도 없이, 다리도 없이 혹은 장님이 되어
온 평생을 절룩이던
살아남은 자의 슬픔을

* 6.25 전쟁 때 학도병으로 화악산 전투에 참전했던 할
아버지 이야기를 비목의 이야기로 구성

이미지 출처 : Midjourney

청명 김경희

· 등단 시인
· 한국AI예술협회부회장
· 오디오북 내레이터

• 청명: 감각적이고 깨끗하며 맑은 목소리와 표현력으로 언어든 계획이든
  항상 질서 정연하다는 이미지를 뜻합니다.

어쩌다 낭독

청명 김경희

이미지 출처 : Midjourney

어쩌다 낭독을 하게 되었네
글의 세계로 들어가 보았네
마음을 울리는 감동의 소리
낭독하는 순간에 들려오네
낭독은 나의 삶에 색을 칠해주네

어쩌다 낭독을 하게 되었네
글의 주인공이 되어 보았네
마음에 흔들리는 감정의 파도
낭독하는 순간에 느껴오네
낭독은 나의 삶에 빛을 비춰주네

어쩌다 낭독을 하게 되었네
글의 친구들과 만나 보았네
마음에 담아두는 사랑과 우정
낭독하는 순간에 전해오네
낭독은 나의 삶에 꽃을 피워주네

할머니의 홍시

청명 김경희

마당에 커다란 감나무 한 그루
가을의 선물이 초록 창고에 가득

눈 내리는 한겨울 밤
웃 목에 놓인 살얼음 홍시

작은 손 내밀어 홍시를 꺼내면
빠알 같고 따스한 할머니의 온기

지워지지 않는 추억의 맛
주름보다 깊은 할머니의 사랑

빗속에 겨울 눈이 내린다
소곤소곤 이야기 타던 옛날

눈물처럼 작은 생명 속에
할머니의 미소 숨어들어 있다

머나먼 그날의 기억 속에
달콤한 홍시 찾아본다

별이 꿈을 뒤덮듯

청명 김경희

아침 안개의 품에
새로운 새벽이 떠올랐고
약속이 입맞춤을 했다
산은 말할 수 없어 메아리치고
모든 속삭임에서
모든 속이 빈 나무에서
"어디서나 당신을 찾았어요"
자유가 나에게 말했다.

강의 자장가는
풀리는 사슬을 노래하고
그림자의 춤 떠오르는 태양
꽃잎의 곡선에
달의 부드러운 눈부심에
"어디서나 당신을 찾았어요"
시원한 밤공기가 말한다

발걸음에 떨어지는 눈물마다
해방의 중심에는
우리의 이야기가 깃들어 있다
별이 꿈을 뒤덮듯
밤이 낮으로 바뀌듯
새벽의 첫 번째 광선에서
"어디서나 당신을 찾았습니다"

어제의 잿더미가
새로운 새벽을 맞는다

이미지 출처: Bing Image Creator

너는 꽃이 아니다

청명 김경희

너는 꽃이 아니다
그저 아름다운 존재일 뿐이다
너의 모든 순간이
세상 하나뿐인 기적이다

너는 꽃이다
피어나고 있는 꽃이다
네가 있는 것만으로도
나를 살아있게 한다

이미지 출처 : Bing Image Creator

그리운 마음의 노래

청명 김경희

갈바람 불어와
가벼운 나뭇잎들이 춤을 추네
언젠가 걷던 네 모습 생각나네

오늘도 혼자 가을 길을 걷지만
그리움에 가슴이 찡할 뿐이네
그 노래, 그 추억 잠시도 떠나지 않아
내 삶의 모든 것이 노래하듯 담긴 추억

나는 그 기억 속에서 너를 만나네
단풍잎을 따라 가을날의 영화를 찾고 있어
너의 따스한 눈길과 닮아있는 가을 햇살
흔적 없는 나만의 가을에 잠겨

이 서늘바람 따라서 너의 향기가
여전히 내 귓가에 머무르고 있네
그대여, 그리움에 파묻힌 이 밤
어디서 널 찾을 수 있을까?

가을로 걸어가는 이날에
나는 오롯이 너를 간직한 채
하늬바람이 불어오는 거리에 서서
속삭이듯 너를 부른다

이미지 출처 : Bing Image Creator

38

단풍잎 속의 웃음소리

청명 김경희

가을이 오면 너를 생각해
낙엽이 춤추는 거리에서
우리가 만난 그날처럼
손을 잡고 걸었던 기억이

바람이 불면 너를 느껴
별빛이 쏟아지는 밤하늘에
우리가 바라본 그곳에서
마음을 나눴던 순간이

가을은 우리의 인연
아름다운 추억과 소중한 약속
가득 찬 선물상자 같아

네 웃음소리는
단풍잎처럼 화려하게
내 마음에 반짝이는
인연의 별

이미지 출처 : Bing Image Creator

소녀의 등굣길

청명 김경희

가을이 익어가는 신작로를 씽씽
새벽이슬 머금은 코스모스 사이로
자전거 타고 가네 학교에 가네
아침햇살에 반짝이는 꽃잎들
싱그런 인사 귀에 넣어주고는
향기로운 바람에 왈츠를 추네

가을옷 입은 코스모스 너머
살랑살랑 흔드는 노란 물 묻은 손
소녀의 가슴 설레게 웃음주네

아침이 오길 기다리던 기도가
꽃 되어 밤새 훌쩍 커 버렸네
오늘도 설레는 소녀의 등굣길

우리들의 가을 연가

청명 김경희

그 섬에 두고 왔다

깔깔대던 웃음소리를
고운 햇살 받아 반짝이던 이야기
풋풋했던 발자욱 거기 놓고 왔다

춘천에 가면 생각난다
학창 시절의 친구들이
가을에 함께 갔던 남이섬이

남이섬이 노랗게 물들어 간다
춘천의 가을이 익어간다
가을 연가가 재연된다

그 섬에 남기고 왔다
가을볕이 유난히 따사로운 곳에
우리들의 추억 한편 새겨두고 왔다

애들아, 잘 있지?

할아버지와 아이의 시간

청명 김경희

가을이 묵묵히 찾아온 시골 논바닥
은은한 햇살 아래 허수아비가 서 있다
마치 철 지난 곡식들의 수호신 같이
빛바랜 옷자락을 흔들며 가을바람을 맞는다

논두렁에는 할아버지와 아이가 앉아 있다
할아버지의 깊은 주름 사이로 스며드는 어린 시절의 기억
그리고 아직 성장하는 아이의 순수한 웃음소리

그들 사이에서 흘러나오는 따스함은 고향의 풍경화다

"보아라, 이 강직한 허수아비처럼
세상의 모든 바람을 맞으며 살아가야 해"
할아버지의 목소리는 아이 가슴에 울려 퍼진다

할아버지와 아이의 시간은 가늘게 흘러간다
그 시간 속에 실려 오는 가을 익어가는 냄새
모든 것이 서로를 완성하는 한편의 수채화다

하루를 마감하는 해가 천천히 지면서
논밭과 허수아비, 할아버지와 아이를 감싸 안는다
저 멀리 들판 너머로 날아오르는 까마귀의 울음소리만
기나긴 하루를 대신하여 이야기해준다

초록 강의 속삭임

청명 김경희

은빛 연어와 눈 맑은 연어가
초록 강과 이야기 나누네
초록 강은 연어가 거슬러 오르도록
아래로 아래로 흘러가네

이미지 출처 : Midjourney

은빛연어는 말하네
"우리는 강에서 태어나
바다로 떠나지만
언제나 강을 그리워 해"

눈맑은 연어도 말하네
"우리의 삶은 강과 바다
그 사이에서 흘러가지만
강은 언제나 우리의 고향이야"

초록 강이 아래로 흐르며 말하네
"나도 너희를 그리워해
너희가 돌아오면
언제나 환영할게"라고 말하네

은빛 연어와 눈 맑은 연어가
초록 강과 이야기 나누네
연어 떼가 아름다운 것은
"서로에게 배경이 되어주기 때문이야"

연어들의 이야기는 강물 따라 흐르고 흘러
우리에게 와서 우리의 이야기가 되고
연어들의 배경은 우리의 배경이 되네

· 인공지능 컨텐츠 강사
· 디지털융합교육원 지도교수 및 선임연구원
· 한국AI예술협회 회원

• 여선(如善) : '선함과 같다'라는 의미로 4년간 서예를 배울 때 선생님께서
  지어주신 이름이다.

가을을 기다리며

여선 김나리

열기 가득했던 여름이 지나가고
저 멀리 귀뚜라미 자리 잡고 있다

성큼 다가온 가을에도 무엇 하나 달라진 것 없이
또 다른 하루를 조용히 시작할 뿐이다

벌써 서늘해진 바람에 지나가버린 뜨거운 여름을 회상하다
이내 이번 가을엔 무엇을 할까,
무엇을 기대할까 하며 잠시 생각에 잠긴다

그 희망이 주는 기분과 환희, 기다림의 속삭임과 인생의 묘미
앞으로의 계절, 더 우아하게 떠올리며
지난여름의 추억도 부드러운 마음으로 보낼 수 있기를

내일이 더 좋을 빛나는 가을 햇살을 기다린다

이미지 출처 : Bing Image Creator

국화꽃 향기

여선 김나리

국화꽃 향기가 퍼진 이 밤, 달빛 아래 베어든 은은한 기운
향긋한 바람 따라 흩날리다 아름다운 추억들을 어루만진다

소리 없이 속삭이는 국화의 말, 한 줄기 빛 속에 숨겨진 사랑
가을 무렵 선물 같은 그 향기로 인생의 길 한 걸음 한 걸음 걸어간다

눈을 감고 들어보는 그 몽환의 향, 마음을 빼앗기고
숨을 죽일 듯 아름다운 국화꽃
영혼을 안아 읊조리는 그리움의 노래

마음의 문 열린 곳에서, 국화꽃 향기는 시간을 잊게 하고
이 밤의 끝을 알리는 새벽 별과 함께
그 속에 그리움과 사랑이 가득하다

순간을 간직하며 지나온 날 아름다움의 종지부를 국화로 그린다

가을 시선

여선 김나리

가을이 오는 소리를 들으며 지상의 빛깔 조명 춤추나니
칠갑산 붉은 단풍 숲, 어느새 가을 시선이 향한다

은은한 대화처럼 스며드는 향기, 그대와 같이 걷던 날의 시간
소리 없이 만들어진 추억들, 하나둘 가을 시선에 물들어 간다

하늘에 별처럼 빛나는 이 순간 해질녘 그리움을 간직한 채
가을의 꿈속으로 날아오르며 그대의 시선에 가려진다

가을이 오면 그대의 기억에 남겨진 그림자를 따라 걷는다
가슴 속에 움켜잡은 그리움이 이 가을 시선 속으로 녹아든다

이미지 출처 : Bing Image Creator

가을의 선물

노란 국화 가득 피어난 길 발을 디디며 느끼는 향기
쓸쓸한 가을바람을 따라, 한 마디의 그리움이 흩어져가네

짝사랑 하던 그 때부터 남아있는 은은한 추억의 단편들
들려오는 나뭇잎의 속삭임처럼 천천히 그 시절을 다시 그려보네

구석에 남아 있는 것 하나하나 가슴 떨린 우리들의 설렘과 사랑
무뎌져 갈 시계 바늘의 바람에도 남겨진 추억은 바래지 않아

가을이 오면 더 숨겨 두었던 마음의 진심까지도 느껴지네
쓸쓸한 그리움에 헤어진다 해도 아름답고 따뜻한 가을의 선물

이미지 출처: Bing Image Creator

49

추억 속 허수아비

여선 김나리

가을 허수아비 하나 간지럽게 우쭐해
무심한 그 꼴에 잠겨 우리는 웃음을 터뜨려볼까
웃음 짓는 이 모습 참 몽글거리네

아이들 이웃마다 모여 놀고 허수아비의 밝은 미소 지켜
저마다 옛날 추억 돌며 가을 물결 속 펼쳐진 이야기

낙엽과 함께 춤추며 놀다 가면, 할아버지와의 어린 시절이 그리워
허수아비와 가을이 그려주는 풍경
마음 속에 영원히 머물러

이 가을 모두 즐거워 하길
힘찬 가을이 날아오네

50

가을 운동회의 향연

여선 김나리

가을 바람 속 아이들이 힘차게 달린다
울긋불긋 단풍 든 가을 날
즐거움의 날을 기다린 듯 반짝인다

뛰어라 아이들아, 너희들의 꿈을
소리쳐보자 아이들아, 너희들의 용기를
운동장 한 가득 행복이 넘친다

뜨거운 열정 안고 달린 릴레이 주자
짝짝짝! 승리의 기쁨을 함께 나눈다

가슴에 영원히 새겨진 날, 이 가을 운동회
추억의 한 페이지로 영원히 남다

이미지 출처 : Bing Image Creator

고추잠자리

여선 김나리

고추잠자리 날갯짓 하네, 아침 햇살 마중 기지개 켜네
매운 고추 위에 춤을 추며, 즐겁게 아침 나들이 떠난다네
웃음소리 높이 힘껏 날아 햇살 받으며 신나게 놀아봤네

나비처럼 예쁜 고추잠자리야 마치 무지개가 앉았네
이웃 마당의 꽃도 구경하며 노래 부르며 날아다니네

작은 배낭 멘 고추잠자리야 이 고추밭의 여행 함께 하리
'고추잠자리'라 불러주면 행복의 노래로 대답하는 친구야
넌 언제나 가을밭의 수호신이 되어주겠지

감나무 아래

여선 김나리

가을 바람 속에 속삭이네, 감나무 아래 할머니의 품에서
모두를 사랑하던 그녀의 마음, 추억의 무게를 안고 숨겨온 기억

낙엽 걷어올리며 마음 담기다 할머니의 모습 떠오르는가 하니
계절의 윤곽을 따라 걸으며, 사랑의 별을 처음 찾는 날이네
감나무 빛깔 가을에 물들여 할머니와의 추억 영원히 간직하리

가득한 사랑으로 기억할 어린 시절, 내 마음에 담긴 가을 이야기
감나무 아래, 가을과 함께 외롭지 않네

이미지 출처 : Bing Image Creator

가을의 마음

여선 김나리

감나무 아래 햇살이 쏟아져, 주홍빛 가을이 서려 오네
잔잔한 바람 사이로 시들어가는 가을의 마음 아우르네

갈 빛 저무는 낙엽 위에 온 세상이 물들어 가겠지
감나무 사이로 감추인 가을이 선물하는 포근한 기억들

빛나는 감과 가지 끝에 햇살과 함께 춤추는 가을
붉은빛 가을을 품에 안고 감사의 빛 건네는 감을 꺾어
햇살 속에 반짝이는 감나무 아래 우리의 사랑스러운 가을

이미지 출처: Bing Image Creator

추억

여선 김나리

가을 호수에 물결이 일렁이고
서쪽 하늘에 노을이 담긴 구름 흘러

저무는 햇살 그리움 속에서 윤슬 흔들리며 가을이 간다
늦은 오후 바람에 은빛 억새는 가을의 노래 부르며 춤춘다
아름다운 시간들을 노래하며 호수 건너 사라져 가는 그림자

마음 속 되짚어 볼 추억의 무게
저무는 햇살 속 간직한 사랑의 시간

이미지 출처: Bing Image Creator

은파 김래은

- 경복대학교 겸임교수
- 한국 AI예술협회 부회장
- 인공지능콘텐츠 강사

• 은파(恩波) : 은혜의 물결이라는 뜻으로 나를 통해 그리고 나의 작품들을
  통해 선한 영향력을 끼치고 싶은 마음을 표현한다.

시골길

은파 김래은

시원한 바람이 시골길을 따라
양옆의 노랗게 익어가는
벼 사이로 스친다

코스모스 꽃이
아름다운 향기를 풍긴다

그 길에서 뛰어노는
아이들의 모습은
나를 그리움으로 이끌어
추억 속으로 데려간다

가을의 향기가
예전의 나를
더욱 그리워하게 만든다

여러 모습의 가을을 지나가며
어른이 되었지만
추억 속에서 나는 친구들과
여전히 뛰어논다

가을밤
귀뚜라미의 노래를 들으면
내 마음은 또 그곳으로 달려간다
어린 시절 뛰어놀던 시골길

이미지 출처 : Midjourney

가을 빛깔

은파 김래은

빨간색 단풍잎, 노란색 은행잎
들판의 벼는 화려한 황금빛으로 물들어간다
파란 하늘에 하얀 구름이 흘러가고
빨간 사과와 노란 배가 햇빛을 받는다

주황색 단감은 달콤한 향기를 풍기고
빨간 고추잠자리가 가을의 순간을 장식한다

녹색이던 고추는 빨갛게
밤송이도 갈색으로
멋지게 옷을 갈아입고
가을 파티에 갈 준비를 마친다

인생의 가을을 맞이한 나는
어떤 색으로 옷을 갈아입고
가을 파티에 가야 할까?

화려한 듯 우아하게
나를 꾸미고
탐스러운 열매를 맺으러
인생의 가을에 멋지게 들어선다

이미지 출처 : Midjourney

태풍과 싸우다

은파 김래은

이미지 출처 : Midjourney

올해는 당진 옥수수를
먹을 수 없단다
태풍이 지나간 발자취에
옥수수나무가 모두 쓰러졌단다

안간힘을 써보아도
강한 태풍 앞에서는
어쩔 도리가 없는가 보다

옥수수는 먹을 수 없게 되었지만

비바람을 이겨내고
나무에 꼭 붙어서
떨어지지 않은 사과, 배들이
가을의 따갑고 강렬한 햇빛 아래
달콤함을 더해간다

내 인생의 열매는 언제쯤 맺힐까?

지금은 태풍 속에 있지만
나도 그분께 잘 붙어있으면
노력과 인내의 열매를 맺을 수 있으리라

가을운동회

은파 김래은

근처 초등학교를 지나다
문득 가을운동회의 추억이 떠오른다

하늘높이 가로지르며 달아놓은 세계국기
운동장엔 온통 흰색과 파란색

선생님의 호루라기 소리
달리기 시작을 알리는 총소리

얼굴엔 빨간 연지 곤지 붙이고
고개를 까따까딱하며
꼭두각시 율동하던 1학년 꼬맹이들

모래주머니 던져서 박 터뜨리던
언니, 오빠들

청군과 백군이 겨루며
함께 뛰는 이어달리기의 짜릿함은
온동네를 들썩이게 하고

청군 이겨라!
백군 이겨라! 응원소리는
가을하늘에 울려퍼지며
우리 모두의 마음을 벅차오르게 했지

그 어린날의 추억을
떠올리기만 하면
가을의 향기와 함께
내 입가에 미소가 머금어진다

이미지 출처 : Midjourney

들꽃

은파 김래은

가을소리가 고요한 길목에
들꽃의 향기가 퍼져나오네
이 고즈넉한 가을에 나는
가을의 아름다움에 노랗게 물들어가네

가을바람이 들꽃을 흔들어
꽃잎을 살랑거리는 작은몸짓이
가을을 더욱 깊게 만들고
마음 속 깊은곳에 평온함이 채워지네

가을향기를 가득 채우며
들꽃의 단아한 아름다움이
내 마음을 감싸안으니
가을의 매력속에 흠뻑 빠져드네

이미지 출처 : Midjourney

이미지 출처 : Midjourney

청포도

은파 김래은

따가운 햇살받아
방울방울 맺힌 청포도를
한알한알 따서 먹어보면

달콤함이 입안에 퍼져
옛 추억들이
슬그머니 떠오르네

청포도의 열매와 함께
나의 가을은
매년 이맘때쯤 더 특별해지네

풍성하게 익어가는
청포도의 향기로
나의 마음에도
방울방울 달콤한
추억과 열매를 남기리라

화담숲

은파 김래은

단풍이 물드는 가을이 오면
엄마와 함께 나들이를 간다
유난히도 나무와 화초를 좋아하던
엄마의 얼굴에 미소가 떠오른다

휠체어를 밀어줘야하니
엄마는
미안하기도 하고
고맙기도 하고 그런가보다

화려하고 넓은 가을숲과 달리
엄마의 모습이 한없이 작아보여
마음 한구석이 멍해지고
눈가에 촉촉함이 서린다

애잔한 마음은
바람에 실려보내고
즐겁고 소중한 시간을 만들어간다

행복한 시간으로 가득 채운다

이미지 출처 : Midjourney

공원 산책

은파 김래은

낙엽 사이로 시원한 바람이 스친다
햇빛은 연인들의 미소를 밝혀주고
강아지는 낙엽 더미에서 즐겁게 뛰논다

두 사람의 그림자가 합쳐지니
흔들리는 나뭇가지처럼 마음도 설레인다

연인들은 서로를 향해 사랑의 맹세를 나누고
발 아래 쓱쓱 채이는 낙엽들은
그들의 달콤한 이야기들을 숨겨준다

시원한 바람은 그들의 마음을 간직한
가을의 향기를 전하는 편지
바람에 두 볼이 빨개져도
손을 잡고 서로를 의지하며 걷는다

그들의 순간 도화지에 그려진 그림처럼
가을의 아름다운 풍경이 지나간다

이미지 출처 : Midjourney

아프지말자

은파 김래은

아팠던 여름을 지나 가을로
천고마비의 선선한 날들은
운동하기 좋은 계절
가을 바람과 함께 걸으니
마음까지 한결 가볍다

가을 하늘의 푸른빛
흐르는 땀방울
시원한 물 한잔으로
몸과 마음 달래주기

헤드폰 속 음악은
나를 더 신나게 하고
소중한 시간을 선물해준다

나를 걱정하던 가족들
가족의 소중함이 느껴지는 순간
아프지 말고 행복하자

이미지 출처 : Midjourney

가을바람에 실어보내다

은파 김래은

말린낙엽을 코팅해서
편지봉투에 함께 담는다
그리운 너에게 바람이 전해주는 이야기
마치 지우개로 지우고 다시 쓰는 듯
사랑이란 단어가 너의 가슴에 새겨진다

바람은 사랑의 메신저
그리움은 책 한 권의 무게
사랑의 이야기는 끝이없고
지워지지 않고 영원히 남는다

편지속에 담긴 그리움의 목소리
바람이 전해주는 우리들의 약속
마치 낙엽처럼 말라가는 그리움도
사랑의 편지로 인해 추억으로 살아난다
편지는 아름아름 쌓여간다

이미지 출처 : Midjourney

청음 김명희

- 등단시인
- 시아띠 AI아티스트
- 한국AI예술협회 부회장

• 청음 : 맑고 깨끗한 소리로 시원한 그늘이 되고 싶은 마음을 담은 시호

가을 문턱에서

청음 김명희

가을이 오는 소리
사브작 사브작

하늘 위로 피어나는 꽃구름
푸르른 하늘길과 어우러져
어하, 둥실 두둥실

단풍나무 그늘 밑 벤치에 앉아
속삭여 불러본다
어서 오라고

가을 문턱에서
가을이 오는 소리

"봄, 여름 잘 견디고 버텨줘서 고마워
나도 너처럼 견디고 버티며 살았어."

여름 끝자락에서
가을을 기다리는 이 순간
나는 늘 소녀로 돌아간다

황홀한 새벽

청음 김명희

'꿈꾸는 시인'
책상 위에 쌓여있는 책 중에서
하늘빛 표지를 펼쳐봅니다

"자세히 보아야 예쁘다
 오래 보아야 사랑스럽다
 '나'만 그렇다."

낭독쟁이라
소리내어 읽고 또 읽어봅니다

"자세히 보아야 예쁘다
 오래 보아야 사랑스럽다
 너도 그렇다."

가을 새벽
창밖에서 들리는 새소리 장단에 맞춰
책 읽는 소리

내 마음은 가을의 색감처럼
다채로워집니다

꿈꾸는 시인과 내 목소리를 통한 만남
더 특별하고 아름다운 건 가을이라 그럴까요?

이미지 출처: Bing Image Creator

가을 바다는 양호실 같아서

청음 김명희

어제
암이 재발됐다고 말하는
친구의 목소리는 담담했다

가을 바다 보러가자
가을 바다는 가끔 들르는 양호실같아서
쉼과 조그만 기적을 줄지도 모르잖아

친구야
보
고
싶다

이미지 출처 : Bing Image Creator

엄마, 가을소풍 가요1

청음 김명희

빛바랜 사진 한 장

원피스 양장에 네모난 굽의 구두
잔뜩 멋 부린 엄마 모습이
우스꽝스럽습니다

위아래 하얀색으로 보이는 체육복
리본 달린 구두를 신었네요
볼살이 통통한 게
초등학교 3학년쯤으로 보입니다
그 소녀는

사방은 낙엽이 뒹굴고
엄마와 딸은
사진기 앞만 보고 있나봐요
웃음기 없는 딱딱한 얼굴 표정이
재밌어서 '후훗' 웃음이 나요

빛바랜 사진 한 장이
엄마를 소환합니다

"엄마, 가을소풍 가요!"
여든여덟 살,
오늘이 제일 젊은 날이잖아요

이미지 출처:
Bing Images Creat...

73

엄마, 가을소풍 가요2

청음 김명희

눈을 감아봅니다
어느 가을날의 향기
기억 속 운동장 풍경이 아른거립니다

어린이대공원으로 소풍가는 날!
줄 서서 출발하기만 기다리던
어린 아이들의 재잘거리는 소리가 들립니다

그새를 못 참고 도시락 속 김밥
쏙쏙 빼먹고는
깔깔깔 웃어 재칩니다
입 속은 고소한 참기름 냄새로 가득했지요

엄마의 사랑, 김밥 한 입에 담겨 있었죠
시간이 흘러도 변하지 않는
김밥 한 조각 추억

"엄마, 가을 소풍 가요!"
이젠 내가 잘 말아 볼게요
김에 달라붙어 있는 밥처럼 딱 그렇게 안아드릴게요
엄마표 김밥, 내가 잘 말아 볼게요

그것은 인생

청음 김명희

강물이 느리게 흐른다고 하지만
나는 서두르지 않습니다
가을의 멜로디가 내 마음에 울릴 때
시간은 영원한 순간으로 느껴집니다

달팽이처럼 느려도 결코 늦지 않습니다
가을의 옅은 빛이 나의 길을 비추면
인생의 모든 순간이 소중한 보물이 됩니다
가을 즈음에야 나는 이 선물을 온전히 받게 됐습니다

가을 벌판에 펼쳐진
누런 벼 이삭처럼 고개 숙여보니
아하, 보이는 게 오히려 많습니다
더 많이 겸손하게 살아야겠습니다

우산도 없이 걸었지

친구와 나는
비를 좋아했다

비 내리는 날은
신설동에 있었던
재수학원에서 몰래 나왔다

비 내리는 어느 가을날
우린 우산도 없이
말없이 걷고 또 걸었다

신설동 학원에서
광화문 돌담길까지

해질녘
학원으로 돌아가면
담임선생님이
혼내는 대신 자장면을 사 주셨다

친구와 영어 선생님이
문득 그립다

이미지 출처: Bing Image Creator

흐르는 물처럼

청음 김명희

세상에서 제일 좋아하는 소리
이끼 낀 돌 위로 흐르는 맑은 물소리

가을의 햇살이 물결 위에 미소 짓는 날은
흐르는 물소리처럼
인생의 노래를 맘껏 부르고 싶어요

가을바람이 강물을 살며시 스쳐 갈 때
내 마음도 강물처럼
자유롭게 흐르도록 내버려 둘 거에요

인생의 흐름에 몸을 맡겨도 되겠지요?
세상의 아름다움을 느끼는 그 순간을 즐길래요

흐르는 물처럼
그렇게 살아갈래요

이미지 출처 : Bing Image Creator

꿈을 꾼다

청음 김명희

어느 날, 엉뚱한 꿈을 꿨어
가을 남자가 갑자기 나타나서 말이야
단풍잎을 건네며 나에게 말했어
"이건 내 마음이야, 받아줘!"

나는 당황해서 그 빨간 단풍잎을 받았지
근데 이게 뭐람
마법같이 단풍잎이 커져 버리는거야
가을 남자가 화나지 않으려나 속으로 걱정했지

그런데 가을 남자가 미소 짓더니 말했어
"나는 가을이니까 단풍잎처럼 선명한 마음을 너에게 주고 싶어"
나는 어색한 웃음을 짓고 말했지
"그럼 단풍잎 대신 달달한 아이스크림 줄래?"

가을 남자는 대화가 아주 재미있는 지
웃음을 터뜨렸어
내 꿈 속에서 말이야

잠에서 깨면서 피식 웃음이 나왔어
꿈속에서 나눈 대화가
하루종일 머릿 속을 맴맴맴!

상상 속 가을 남자를 만나고 싶어지네
너무 웃겨!

이미지 출처 : Midjourney

시(詩)에 대하여

청음 김명희

...물었다. 챗GPT에게...
너는 가을에 대해 시를 쓸 수 있어?
몇 초 만에 시가 만들어진다

"가을의 풍경이 나타나면
단풍잎이 하늘을 물들이고
서리 낀 아침이 마음을 싸매네

차가운 바람이 불어와도
가을은 온기로 마음을 감싸주고
하늘에 떠 있는 구름들은
달콤한 꿈을 안겨주곤 해

가을의 햇살은 찬란하게 빛나고
하늘에는 파란색과 오렌지빛이 어우러져
나무들은 가을의 명화를 그리며
우리의 마음에 영원한 감동을 남겨주네"

내 감성을 담아 쓴 가을 시와
챗GPT가 쓴 가을 시를 번갈아 가며 낭독해 본다

깜찍한 친구, 챗GPT의 시 언어를
나는 얼만큼 인정하고 공감해야할까?
...아직 잘 모르겠다...

이미지 출처 : Midjourney

리아이 김영은

· 한국AI예술협회 회원
· 인공지능콘텐츠 강사
· 작가·기자

• 리아이(LiAi): 새로운 시작('리')과 AI와 어린아이의 순수한 가능성('아이')이
결합 돼, 시적 창조의 새로운 차원을 열수 있는 무한한 가능성을 상징한다.

기다려온 달콤함

리아이 김영은

달콤한 사과는 혼자서 어찌 자라나겠는가?
사과나무 한 그루, 종종 아래 밭 나무줄기와 마주친다
그 사이로 스며드는 햇빛과 바람, 그리고 비가 내리면
작은 나무 열매 하나하나가 달콤하기는 할 것이다

어둠 속에서도 인내하며 기다리는 사과나무처럼,
인생의 달콤한 순간은 오랫동안 기다리던 여름이 끝나면 찾아온다
그 빨간 열매, 그 속에 감춰진 의미는
우리가 기다려온 달콤함, 으음! 마침내 기다려온 달콤함이여

그 긴 기다림 속에서 살며시 핀 웃음,
어린 태양처럼 찬란하게 빛나는 희망의 열매
그 속에 담겨진 것은 희노애락(喜怒哀樂), 인생의 감정
달콤한 사과는 혼자서 어찌 자라나겠는가?

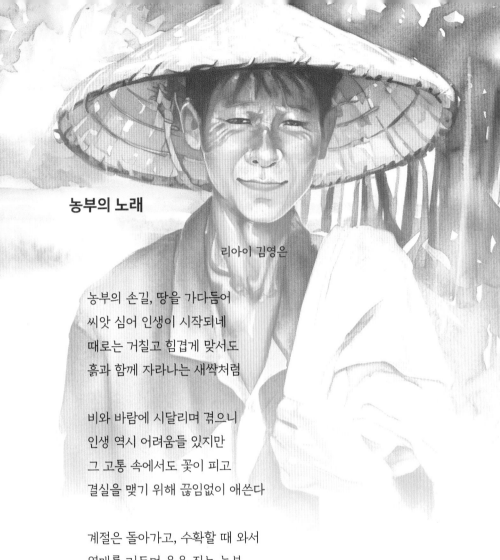

농부의 노래

리아이 김영은

농부의 손길, 땅을 가다듬어
씨앗 심어 인생이 시작되네
때로는 거칠고 힘겹게 맞서도
흙과 함께 자라나는 새싹처럼

비와 바람에 시달리며 겪으니
인생 역시 어려움들 있지만
그 고통 속에서도 꽃이 피고
결실을 맺기 위해 끊임없이 애쓴다

계절은 돌아가고, 수확할 때 와서
열매를 거두며 웃음 짓는 농부
인생의 여정에 성장하면서도,
우리 모두 꿈과 희망을 찾아가네

수확한 열매는 내 마음속 작은 보석
달콤한 추억으로 영원히 남을 것이요
이 순간들을 모아 시와 그림에 담아
영원한 추억이 되리라, 나의 농부의 노래

이미지 출처 : Bing Image Creator

등산

리아이 김영은

산허리 오르며 발걸음 재촉
인생길 딛고 힘겹게 걷는다
걸음마다 시련, 돌과 뿌리
때론 쉬어가며 숨을 고른다

한 발짝 한 발짝 나아갈 때
땀과 눈물, 한숨
오! 정상에 이르면 웃음 짓네
힘겨웠던 길, 추억으로 가슴에 새기네

이미지 출처: Bing Image Creator

가을 어여쁨

리아이 김영은

시원한 가을, 자연의 아름다움과 함께
초록 물결에 빠져드는 가을
꾸벅꾸벅 나무들을 졸게 하는 시원한 바람

한숨도 내쉴 수 없이 들어와 가을하늘 높게 펼쳐지며
구름이 떠다니고 소리 없이 흔들린다
풀벌레 소리에 눈을 감으면
어느새 내 마음도 동글동글

이 세상, 변화하는 나의 마음
익어 가는 도토리와 밀밭
그리고 충만해진 논밭길
이들 모두 내 마음을 따스하게 해주는

풍요로운 나의 삶, 아름다운 자연의 조각들을 보며
마음속에 그 풍경이 산들바람처럼
멀리멀리 전해지는 듯한데
나도 언젠가 이 아름다움 속에 녹아들 수 있을까?

이미지 출처: Bing Image Creator

바람이 되어

리아이 김영은

나는 바람이고 싶다
자유로운 대지를 누비며
세상 모든 것을 느끼며
그렇게 힘껏 날아올라 구름을 몰고
하늘 저편 무수한 꿈을 꾸며
마음대로 불어와 이리저리 흘러가고 싶다

나는 바람이고 싶다
끝없는 세상
해 질 무렵 잔잔한 호수 위에 원을 그리고
가만가만 나뭇가지를 흔들고
언덕을 한 바퀴 돌아
마을에 가장 먼저 계절을 나르고 싶다

나는 바람이고 싶다
몰래 너에게로 불어와서 마음을 잇고
너의 향기를 한 움큼은 쥐어다가
산허리에 숨겨 두고
잊히지 않을 기억이 되어
너의 가슴에 잔잔하게 불고 싶다

나는 바람이고 싶다
저기 우두하니 앉아 있는 너에게
휘리릭 휘리릭 마음대로 불어서
바람의 언어로
산 너머의 이야기를 들려주고 싶다
나는 너에게 힘껏 불고 싶다

이미지 출처: Bing Image Creator

공감(共感)

리아이 김영은

너의 손을 잡은 내 손의 온기가
가슴으로 전해지는 것이다

네가 왜 슬픈지 또는 기쁜지
말없이 곁을 지켜주는 것이다

네가 나인 것처럼
나 또한 네가 되어
그럴만한 이유가 있었을 것이라고
끄덕여 주는 것이다

공감은
비로소
모든 것의 시작이 되는
사람의 마음을 움직인다

이미지 출처: Bing Image Creator

가을의 교향곡

리아이 김영은

가을은 소리의 지휘자다
이슬이 풀잎에 내려앉는 소리
풀벌레가 합창하는 소리
소나무 꼭대기에 앉아 울어대는 까치 소리
바람이 나뭇가지를 흔드는 소리
아침 길목에서 서두르는 발걸음 소리
왁자지껄한 시장에서의 흥정 소리
아장아장 아가의 귀여운 발걸음 소리
부지런한 어머니가 앞마당을 빗질하는 소리
자전거 페달을 힘껏 밟으며 동네를 내달리는 아이들의 소리
먼 데 공사장에서 부지런히 움직이는 자동차 소리
푸른 하늘을 힘껏 가로지르는 비행기 소리
조심스레 책장을 넘기며 침을 꿀꺽 삼키는 소리
낙엽이 땅에 내려앉는 부드러운 소리

모든 살아있는 것들은 소리를 낸다
가을은 그 소리로 하여금 나를 깨우고
새로운 시작을 알린다

이미지 출처: Bing Image Creator

88

가을 향기

리아이 김영은

가을은 향기를 가져온다
들판에 곡식이 무르익고
더운 바람이 빨리 제 갈 길을 가며
이어 불어오는 바람이 상쾌한 향기를 실어 온다
초록의 나뭇잎이 아름답게 물들며 풀잎 같은 향기를 내고
길가의 풀과 이름 모를 들꽃이 생기를 띄는 향기
빨갛게 익어 가는 사과향기
너의 잔잔한 미소와
삶의 정열이 춤을 추는 향기

산새의 노래와 물결치는 강물
그 사이에서 이어지는 가을의 향기

말!

친절한 말 한마디는
마음의 빗장을 열고
다정한 말 한마디는
병든 마음을 치유하며
울고 있는 아이를 안아주는 것이다

위로의 말 한마디는
누군가를 살리며
폭풍 속의 등대가 되어 안내한다

사랑의 말 한마디는
사람을 자라게 하고
땅속의 씨앗이 큰 나무가 되게 한다

배려의 말 한마디는 꽃이 되어
그 얼굴에 햇살이 된다

그 입의 말은
무한한 힘으로
사람마다 가슴에 평안을 선물하며
조용한 밤하늘에 별이 뜨게 한다

말!
진실한 말은 그런 것이다
고귀한 품격은
따듯한 온기로 완성된다

이미지 출처: Bing Image Creator

거꾸로 살기

리아이 김영은

오늘이 첫날인 것처럼
살아왔던 날들을 거꾸로 살아라
오늘이 마지막인 것처럼
살아갈 날들을 거꾸로 살아라

가다가 멈추어 섰던 곳
잘못 들어섰던 골목 어귀에서
갈팡질팡 망설이던 그 순간
아무것도 바뀔 것 같지 않았던 때

미련 없이 닫혀버린 문 앞
너무 늦었다고 한숨이 나올 때

정해진 길을 찾지 못해
발걸음이 초조해질 때

다시 시작하는 힘을 내
오늘의 길을 거꾸로 걸어가며
미래에 만날 내가 미소로 반길 수 있게
거꾸로, 거꾸로

오늘이 첫날인 것처럼
살아갈 날들을 거꾸로 살아라

칼리타 서준

- (사)4차산업혁명연구원 선임연구원
- 디지털융합교육원 교수
- 한국AI예술협회 아티스트

- 칼리타(Kalita)：칼리타는 제가 애용하는 커피 핸드드립 드립 방식 또는 드리퍼의 이름이다. 커피 가루를 넣고 뜨거운 물을 부어 여러 변수를 이용해 다양한 맛의 커피를 추출 해내는 커피 드리퍼가 마치 AI라는 인공지능 툴을 이용해 인간의 감성적인 변수를 적용해 색다른 맛의 시를 추출 해내는 것과 비슷하다는 뜻에서 선택해 보았다.

황혼의 날개

칼리타 서준

황혼의 노을이 내리 쬐는
산골 오두막 창가에 앉아
나만의 세상을 그려 낼래

노랗게 물든 햇살이 내려 앉아
주름진 손끝이 따스하니
작은 소망들을 그려 낼래

시간이 멈추어 버린 듯
그대와 함께한 추억들
이 노을이 저물기 전에 담아 낼래

황혼의 노을을 타고 자유롭게 날아 다닐래

이미지 출처 : Bing Image Creator

귀뚜라미

칼리타 서준

간 밤에 귀뚜라미 한 마리가 들어와
밤새도록 울어 댔습니다

여름이 가고 있으니
빨리 일어나 가을을 준비하라고
잠을 깨워 댔습니다

새 날이 밝아 오니
이제 그만 잊으라고
목 놓아 울어 댔습니다

그대와 함께한 추억들
그리움으로 가득 차 올라
내 가슴에 울어 댔습니다

귀뚜라미와 함께 한 고요의 새벽이
나를 일으켜 댔습니다

별

칼리타 서준

눈으로 떨어지는 별들을 세어 보았어요
가슴으로 떨어지는 별들을 세어 보았어요
겹겹이 쌓인 추억들을 세어 보았지요

어느 덧 머리가 하얗게 세었네요
그리움의 끝이 어디일까 다시 세어 보아요

하늘에 떠 있는 별들 처럼
내 가슴에 떨어진 별빛 처럼
당신이 빛 나고 있네요

이미지 출처 : AskUp

사계

칼리타 서준

매미야 매미야
가는 여름이 싫어 그렇게 울고 있니

귀뚜라미야 귀뚜라미야
여름이 빨리 가라고 벌써부터 울어 대니

바람아 바람아
내 님의 볼에 반짝이는 땀방울은 언제 식혀 줄테니

우리 님 가고 나면
너희의 계절은 언제 올려니

하얀 눈꽃 타고
따스한 동장군으로 오실려니

이미지 출처: Bing Image Creator

늦가을의 노래

칼리타 서준

가을 바람이 속삭이는 나뭇잎들　　한숨에 가득 찬 가을의 향기
길가의 붉은 단풍이 손을 흔들어　　마음의 깊은 곳까지 스며들어
마치 옛 추억을 떠올리며
늦가을의 노래를 부르는 듯해　　이젠 다가올 겨울을 준비하며
　　　　　　　　　　　　　　　가을은 서서히 몸을 숨기려 해
하늘은 구름에 쓸려　　그렇게 또 한 해의 계절이 돌아가고
금방이라도 울 것처럼 어두워져　한 겹 더 얹혀진 내 님 향한 그리움
저 멀리 노을이 붉게 타오르며
가을의 끝자락을 알리는 듯해　　나무들은 잠을 자고
　　　　　　　　　　　　　　땅은 휴식을 취하는데
강가의 잔잔한 물결　　쉬임 없는 이 그리움
물 속에 비친 단풍이 춤을 추네　아련한 추억에 잠드네

김장

칼리타 서준

배추가 하늘 높이 훨훨
놀잔다고 무우가 더덩실
이웃집 마늘 쪽파도 기웃기웃
여름 때깔 샛빨간 고추님들도 에헴~
시름 깊은 아낙네 손엔 입김만 호호
우리님 겨울 밥상엔 샛바람이 휭

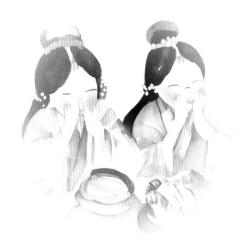

이미지 출처: Bing Image Creator

영동고속도로

칼리타 서준

끝이 없는 듯
일출에서 일몰까지

푸르른 여름에서
벌겋게 물든 가을까지

백설의 산맥에서
따스한 꽃 향기까지

꼬리에 꼬리를 맞대은 흑 백의 행렬

국수 한 그릇에 미소 짓던 그대 모습
창 밖에 비춰진 그리움 한 자락

이미지 출처 Bing Image Creator

서울

칼리타 서준

서울의 하늘 아래
바쁜 발걸음의 도시가 숨을 고르고
한강은 은은한 달빛 아래
서울의 꿈과 이야기를 흘려 보낸다

고층 건물들 사이로
태양의 빛이 쏟아져 내리고
길거리엔 사람들의 웃음과 대화가 흐르는
무한한 에너지의 도시, 서울

명동의 번화 거리
인사동엔 골목골목 문화의 향기
북촌의 전통부터
강남의 신세대까지

서울의 밤은 별들의 잔치
무한히 쏟아지는 이야기거리에
세상의 즐거움과 아름다움이 모이는
여기 서울은 지구촌 한 마당

이미지 출처 : Bing Image Creator

지하철

칼리타 서준

도시의 심장을 달구는 지하철　　할아버지 손잡던 국민학생부터
출근길의 급한 발걸음　　　　　손자의 손을 꼬옥 잡은 백발이 되기까지
퇴근길의 기쁜 얼굴들　　　　　삶의 이야기 거리를 태워 보낸

에어팟에 흐르는 젊은 지하철　　도시의 숨결이 흐르고
스마트폰에 비춰진 모두의 일상　희노애락이 흐르고
함께 달리는 창밖의 얼굴들　　　사랑이 흐르는 공간,
　　　　　　　　　　　　　　　이 곳은 우리 지하철

이미지 출처 : Bing Image Creator

세상의 기적

칼리타 서준

해맑은 미소
작은 발걸음마다 빛이 나고
반짝이는 눈엔 호기심 한가득
세 살의 작은 아이 넌 세상의 기적이야

짓궂게 웃으며 뛰어 다니다
작은 손으로 잡아 당기며 부르는
천사의 목소리 "아빠"
세상의 모든 소리가 멈추는 듯해

첫 발자국 첫 말 한마디
모든 순간이 너무나 소중한
네가 세상에 가져다준 기쁨
말로 표현하기 어려운 행복

너는 작은 천사
우리의 마음을 따뜻하게 해주는
세 살의 작은 넌
우리의 축복이야

이미지 출처: Bing Image Creator

해랑 송윤이

· 디지털융합교육원 강사
· 문향회 시인
· 기술평가사, 창업지도사

• 해랑 : '또렷한 해'로 밝은 미래를 의미합니다.

희망의 선율

해랑 송윤이

보이지 않는 길
눈앞은 베일 속에 숨어있지만
내 발걸음 이어질수록
서서히 비춰지는 희미한 빛 한줄기

어둠이 내려와 오싹해지더라도
옷 한번 여미고 나아간다
그렇게 하루가 가고 한달이 가며
풋내기를 피우는 희망의 씨앗

시련의 파도가 엄습해와도
다시 힘을 내어 나아간다
때론 버틸 수 없는 무게에 일어날 수 없어도
나를 이끄는 간절한 소망

오늘도 발자국을 남기며
나의 길을 걷는다
미래란 늘 불확실하지만
그 안에서 보석처럼 빛나는 희망의 빛

이미지 출처 : Midjourney

106

들녘의 행복

해랑 송윤이

아침부터 왠 땡볕이라냐
투덜이다 소쿠리를 들고 밭으로 향하더니
주름진 눈꺼풀 치켜뜨면서
땀범벅 되어도 펴질 줄 모르는 허리로
소쿠리를 채운다

이 더운 날 왠 종일 뭐한다요
마실 가는 이웃 집 아주머니 소리에
손사레 치고는 눈길 한번만 힐끔 뿐이다

해 뉘엿 뉘엿 돌아와 바빠진 부뚜막 손길
그리고 도착한 아들

신발도 신는 둥 마는 둥 뛰어나가더니 하는 말
이렇게 왔는데 줄게 없어서 어쩐다니…

손은 바쁘고 검게 그을린 얼굴은 계속 끄덕이고
그 장단에 맞춰 하얀 머리카락은 춤을 춘다

이미지 출처 : Midjourney

107

COVID 19

해랑 송윤이

어둠 속에 세상이 묻혔을 때
고장난 시간을 조립한다
빛이 사라지고 불안이 번져갈 때
조각조각 모아 희망의 모습을 짓는다

한 걸음씩 앞으로 나아가면서
어떤 날은 힘들고 험한 길일지라도
어둠의 길에 불을 밝혀가듯
고장난 시간을 채워가며 간직하는 것

내일의 모습은 보이지 않지만
길을 가는 동안 내 안의 빛을 따라
시간은 다시 시작된다

이미지 출처 : Midjourney

나비의 날개 아래서

해랑 송윤이

작은 씨앗이 흙 속에 묻히면
모험이 시작된다

바람에 날리는 나비처럼
하늘을 향해 날개를 피어봐

어둠이 내려와도
네 안의 빛으로 밝은 길을 찾아봐

불안한 시간을 극복하며
용기와 결단력으로 모든 것을 이겨냄을 믿어봐

자식아, 너는 빛나는 별
앞으로 펼쳐질 모든 일에 희망을 품고 나아가렴

이미지 출처 : Midjourney

필 받은 날

해랑 송윤이

뚱뚱해진 옷장과 서랍
어쩐지 굼뜨더라
있는 것 못 찾아 또 사고 또 사고

아깝다고 못 버리고 옷걸이 차지한 옷들
서랍 한가득 채운 팬들

오늘 군살 좀 빼자

가차 없는 손놀림에 주인의 눈 밖으로 솎아지는 골동품들
여전히 아까운 쓰레기들

필 받은 날
나는 너를 떠나 보낸다

이미지 출처 : Midjourney

110

스웨덴 친구

해랑 송윤이

일년에 한 번 스웨덴에서 친구가 온다
그 친구 스웨덴에서 유명한 대학의 교수가 되었단다
일년 내내 연락 없던 친구들 다 모이면

삼삼 오오 하는 소리
우리도 스웨덴 한 번 가야하는데
내년에? 내 후년에?

작년 이맘 때도 이랬다
부질없는 말들
기약없는 약속들

그 스웨덴 사는 친구
이젠 대꾸 없이 웃기만 한다

친구에게 희망을 전하며

달려가는 바람처럼 아픔을 불어넣어
슬픔도 떠나갈 길을 찾을 테니

하늘에 빛나는 별처럼
희망의 빛이 네 곁을 밝혀줄 거야

바 람

해랑 송윤이

말을 아껴야지
말하고 나면
변하는 게 사람인 걸
참고 참으면 말하지 않아도
알아주겠지

진득이 못 있고 흔들리는 너를
내가 참아줄게

말을 말아야지
참아야지 했는데
그럴 수가 없었다

왜냐면 널 흔드는 세찬 바람이
바로
나였기 때문이다

이미지 출처 : Midjourney

너는 몰라도 돼

해랑 송윤이

너는 몰라도 된다니까
뭘 자꾸 물어

먼지 쌓인 육아일기를 펼쳐보며
신기한 듯 읽다가 물어보는 딸 목소리다

"엄마 내가 태어났을 때 정말 이렇게 감동이었어?"

스무 살 넘은 아이들은 이렇게 잠시 왔다가
자꾸만 떠난다

또 가야 하는 구나
이젠 나도 짝사랑엔 도통했다
떠나 보내면서 다음 마중을 미리 준비하니 말이다

슈퍼맨 아닌 슈퍼맘

해랑 송윤이

7살 아들 운동하라고
안방문 중간쯤 매달아 둔 철봉

주방에선 저녁준비로 바쁘고
안방문에선 쿵소리와 함께 터진 아이의 울음소리

그날 따라 호기로운 시도를 했다 버티지 못하고
떨어진 모양이다

놀란 토끼가 되어 달려가 살피는데
"얼른 와서 받았어야지!"

아이는 아픈 것 보다 화가 나서 울고 있었다
그래 나는 빨간 망토 슈퍼맘이다!

이미지 출처 : Midjourney

미소의 나무

해랑 송윤이

서리 내리는 가을 저녁
하늘은 붉은 물감으로 칠해져
나뭇잎 하나마다 물들듯
저녁 태양 빛에 물든 숲길

나의 마음도 서리에 얼었던가
그대 생각에 한기가 번져와
가을바람에 흩날리는 나뭇잎처럼
내 마음은 그대에게 낙엽처럼 떨어져

떨어져 내리는 이 마음을 모아
작은 손으로 간직해 주길 바래
이 가을이 다 지나고 또 다시 봄이 올 때
내 마음도 따뜻한 봄바람처럼 피어날테니

이미지 출처 : Midjourney

여랑 유경화

- 한국AI예술협회 회원
- 디지털융합교육원 선임연구원, 교수
- ㈜드림정보 미래전략총괄사업 이사

• 여랑 : "여여하다"에서 영감을 받아 언제나 변함없이 여기에 함께한다는 뜻입니다. 인연이 닿은 이들에게 애정과 소속감으로 서로를 격려하며 한결같은 모습으로 신뢰와 성실로 삶을 대하고자 합니다.

별빛 그리움

여랑 유경화

별빛이 내리는 밤하늘에, 그리움이 스며든다
은하수 끝없이 흘러 잃어버린 시간을 부른다

무거운 심장 박자에 따라
감정은 별빛 아래 느린 춤을 춘다

밤하늘은 이대로 흩어진대도
새벽이 오면 다시 찾아온다

우린 기다린다, 흩어졌던 밤하늘은 별빛과 함께 찾아오고
이 순간 슬픔을 잊고, 우주와 하나가 되기를…

이미지 출처 : Clipdrop

우주 같은 당신에게

여랑 유경화

당신의 가슴은 우주와 같이 넓고 깊어
그 안에는 별빛처럼 반짝이는 사랑이 살아 숨 쉬네
마치 무한한 은하수처럼
너의 마음속엔 나를 향한 따스함이 흐르고
내 마음은 감사함으로 채워진다

별빛보다 더욱 밝게 빛나는 너에게 전해지길
당신과 함께라면, 어떤 어둠도 두렵지 않아
우리의 믿음은 그대로 서로의 격려가 된다

벅차오르는 이 신뢰가
우리 사랑을 지키는 방패가 되어
밤하늘의 별들처럼
언제나 너와 나를 비추리라

내 삶의 여정에서 가장 값진 선물은
바로 당신과 함께하는 이 순간들임을
우주만큼 넓고 깊은 당신을 사랑해
지금 이것으로 충분하다

이미지 출처 : Clipdrop

119

여행자, 그대 향하는 그 길은

여랑 유경화

여행자여, 그대 향한 그 길은 어디인가?
별의 꿈과 달의 기대, 은하수를 따라
너를 붙잡으려 하지만 내 손에 닿지 않아
아련한 그리움은 눈물이 되어 별이 된다

그림자마저 멀어지는 그대
내 눈엔 눈물이 스미네
그대가 먼 길을 떠나게 될 줄 알았다지만
그리움은 눈물이 되어 별이 된다

사랑하는 그대, 잘 가요
은하를 흐르는 밝은 별빛처럼
그대의 모습도 빛나리라!

여행자여, 사랑으로 쓴 편지 잊지 말아요
가끔 지칠 때면 추억에 기대어 쉬어가세요

사랑과 기억, 그리고 별빛 아래

여랑 유경화

별빛 아래, 우리의 기억은 반짝이네
사랑의 노래로 가득한 밤의 침묵
당신의 미소, 내 심장의 미세한 흔들림
모두가 별처럼 밤하늘에 살아 숨 쉬네

사랑은 시간을 넘어서기를 원해
끝없는 우주처럼 펼쳐진 그리움의 바다
기억은 그 사이로 조용히 흐르는 강
별빛의 반짝임 속에 슬픔과 웃음이 담겨있네

당신의 눈동자 속 별빛을 찾아서
사랑의 시작과 끝을 찾아 헤매는 나
기억은 사랑을, 사랑은 기억을
영원히 함께하기를, 별빛 아래 꿈꾸네

별빛 아래, 우리는 다시 만나리
사랑과 기억의 향기로 가슴을 채우며

그대 은하수 여행은 즐거운가요?

여랑 유경화

그대, 은하수를 건너며 흐르는 별들 사이
무수한 빛의 여행자들이 쉴 새 없이 지나가네
그대의 눈빛에 비친 은밀한 이야기
그 무한한 우주 속, 여행은 어떤가요?

별들이 만든 무대 위, 춤추는 그대의 그림자
은하수 끝에서 끝까지 꿈틀대는 생명의 노래
별들과 함께, 은하수를 노래하며 그대, 행복한가요?
혹시, 그대 넓은 우주에서 고독하진 않은가요?

마주치는 별마다 새로운 이야기, 새로운 꿈
그대의 여행은 끝이 없는 듯합니다
그럼에도 그대, 돌아올 수 없는지요?
여기, 그대의 추억인 나를 만나러

은하수 여행의 즐거움으로 나를 잊으셨나요?
그대여, 가끔은 추억이 새겨진 여기를 잊지 말아요.

은하수를 여행하는 히치하이커

여랑 유경화

별빛 가득한 도로 위, 배낭 가득 꿈을 담고
히치하이커는 은하수를 따라 걸어가네
모든 별마다 숨겨진 이야기와 미스터리
끝없는 여행의 유혹에 휩싸인다

별들의 노래를 따라, 길은 펼쳐지고
발길 닿는 곳은 목적지가 되어 길을 떠나네
어디로 가는지, 어느 별을 찾는지
알수 없는 끝없는 여행자

가끔 손을 들어 여행자를 태워줄 유성을 만나고
별들만 아는 휴게소에는 친근한 외계인도 있을까?
모든 만남과 작별은 여행의 추억이 되고
히치하이커의 모험은 즐겁고 신비로워라

별들만 아는 은하수 어디에서, 잠시 쉬어가며
히치하이커는 별빛 아래 꿈을 꾸겠지
끝없는 여행 속, 그는 어디로 가고 싶을까?
다음 별, 다음 이야기를 찾아 영원히 걸어가겠지

이미지 출처 : Clipdrop

이미지 출처 : Clipdrop

꿈에서 그대를 만났어

여랑 유경화

어젯 밤, 꿈 속의 작은 풍경 속에서
그대의 미소와 따스한 손길을 느꼈어
시간은 잠시 멈춰, 우리만의 세계에 있었고
잠깐이었지만, 마치 영원 같았어

달빛 아래, 그대와 함께 걸었던 길
부드러운 목소리와 옅은 미소
깨어나면 모든 것이 흐리지만
기억 속에 여전히 그대와 나 함께 걷는다

비오는 날의 수채화처럼 우리는

여랑 유경화

비오는 날의 수채화처럼 우리는
물들어져 가네, 서로의 색을 흩뿌리며
부드러운 종이 위에 퍼지는 물감처럼
서로의 꿈과 기억을 담아낸다

때론 선명한 물방울처럼
때론 흐릿한 안개처럼
기억은
그림 속에 스며들고
무한한 팔레트의 색상들로 만들어져간다

비 그치면, 물방울은 햇살에 반짝이며
수채화의 모든 색이 더욱 선명해진다
우리는 그림 속의 주인공이 되어
서로를 향한 애틋한 감정의 물결로 스며든다

비오는 날, 수채화처럼
우리는 서로를 그려간다. 사랑의 색감으로

비가 그치면 무지개를 만나자

여랑 유경화

비가 그치면, 빛은 물방울을 관통하면서
분산과 굴절의 놀라운 무대를 창출한다
하얀 햇빛은 무수한 색상으로 나뉘어져
무지개의 아름다운 곡선으로 하늘을 수놓게 되지

빨강에서 보라, 스펙트럼의 연속
우주의 기본 원리가 하늘에서 무지개로 표현되네
각 색상은 고유의 파장을 가진 빛의 조각
그 빛들이 모여 우리의 눈에 아름다움을 선물한다

비의 끝, 그 순간의 고요함 속에서
물과 빛이 만들어낸 사실은 감동의 파장을 부른다
비가 그치면, 함께 무지개를 만나자
자연의 기적과 과학의 향연 속에서 사랑의 의미를 찾아보자

이미지 출처 : Clipdrop

모든 별이 고향으로 돌아오듯

여랑 유경화

모든 별이 고향으로 돌아오듯
우리의 마음도 그리움의 발걸음을 따라가네
저 멀리 빛나던 꿈들의 향기는
과거의 추억과 미래의 기대로 흩뿌려져

우주의 깊은 공간에 흩어진 별빛들
결국은 고향으로 돌아가는 궤도를 그린다
그대와 나의 마음도
처음 만난 그곳, 순수한 시작점으로 회귀한다지

별들이 그려내는 은하수의 경계
그곳에서 우리는 영원한 약속을 맹세하자
시간과 공간 너머로 먼먼 여행에서
고향 별빛을 한 번쯤은 마주하게 되겠지

모든 별이 고향으로 돌아오듯
우리도 결국은 시작점에서 끝을 맺으리니
그곳에서 다시 태어나, 무한한 사랑의 궤도를 그리자

화랑 이도혜

- 한국AI예술협회 부회장
- 국내6호AI아티스트
- 베스트셀러작가

• 화랑 : 불의 날개'를 의미하며, 내가 원하는 자신감과 진전을 상징

남이섬의 가을 추억

나무들이 꺾이고
잎들이 떨어지면서
가을의 꿈이 시작된다

남이섬의 가을, 가슴에 묻는다
한강의 꽃이 되어 피어나는
그곳의 꿈은 영원하다

하늘이 빛나고 있을 때
그리운 추억들을 기억한다
가을은 사라져 버리지만
나의 마음에 계속 머문다

떨어진 낙엽들은 보석처럼 빛나지만
그들의 추억은 영원히 살아남는다
나무들의 사랑은 영원히 이어지고
나의 사랑도 영원히 끝나지 않는다

이곳에서, 가을이 영원히 살아남는다
나무들이 살아남고
낙엽들이 살아남는다
나의 사랑도, 여기에서 영원히 살아남는다

이미지 출처 : Midjourney

단풍길의 사랑

화랑 이도혜

단풍길에 둘이서 손을 잡고 걷네
사랑하는 그대와 도란도란 이야기하며
내장산의 노란 장막 속에서
우리 둘만의 세상이 펼쳐진다

햇살이 나뭇잎 사이로 새어들어
그대 얼굴을 더욱 빛나게 해
사랑의 말은 가을바람처럼
귓가에 스치며 내 마음을 따뜻하게 한다

단풍의 가을, 그대와 나
이곳에 머무를 순간이여
영원히 가슴에 남아 있어라

이미지 출처 : Midjourney

가을의 그리움

화랑 이도혜

가을이 오면
나는 그대를 그립게 생각한다
가을이 오면
나는 그대의 미소를 그립게 생각한다

가을이 오면
나는 그대와 함께한 시간을 그립게 생각한다
가을이 오면
나는 그대와 나눈 말들을 그립게 생각한다

가을이 오면
나는 그대의 손을 그립게 생각한다
가을이 오면
나는 그대의 눈빛을 그립게 생각한다

가을이 오면
나는 그대와의 추억을 그립게 생각한다
가을이 오면
나는 그대를 그립게 생각한다

이미지 출처 : Midjourney

산속의 가을 편지

화랑 이도혜

산의 바람이 창을 스치며
가을의 편지를 남기네
창밖의 새는 낙엽을 따라
산으로 날아가네

별들이 산에 숨어
가을의 밤을 지새우네
등불을 들고 산으로 걸어가
기도하는 마음이 너를 그리네

산새와 낙엽이 운명을 생각하며
가을의 편지를 쓰네
사랑으로 남아 있는 나는
가을의 편지를 너에게 보내네

이미지 출처 : Midjourney

그리움의 바람

화랑 이도혜

그리움이 불어오는 날
바람이 나를 스쳐간다
나뭇잎이 바람에 흔들리고
닉엽이 비람에 날려간다

그대를 그리워하는 마음 때문에
바람은 불고
산은 붉은 노을로 물들고
햇빛은 따뜻하고
하늘은 무한하게 높다

그대를 그리워하는 날
손편지를 써서 날려보낸다

그리움의 아침

화랑 이도혜

하늘은 비로 쓴 듯이 깨끗하고
맑고도 고요한 아침

사랑하는 그대가 보고싶다
그대의 눈빛, 그대의 손길
그대의 목소리가 그립다
사랑하는 그대가 보고싶다

그대와 함께한 시간들이
마음 속에 새겨져
그리움이 가득 차오른다

사랑하는 그대가 보고싶다
그대의 품에서
그대의 사랑을 느끼고 싶다
사랑하는 그대가 보고싶다

가을의 자연에게 바치는 시

화랑 이도혜

가을의 품에 안겨 피어나는 꽃들
무르익은 과실들이 가득한 나무들
안개가 가을의 풍경을 감싸 안고
태양이 성숙한 과실들을 따뜻하게 해준다

벌들이 꽃에서 꽃으로 날아다니며
꿀을 모으는 소리가 들려온다
가을의 햇살이 따뜻하게 비추며
자연의 아름다움을 더욱 빛나게 한다

가을의 바람이 부드럽게 불어오고
잎들이 무르익어 떨어지며 춤을 춘다
가을의 자연이 주는 풍요로움에 감사하며
이 아름다운 계절을 즐긴다

가을의 자연이 주는 선물들에 감사하며
이 아름다운 계절을 소중히 여긴다
가을의 풍경을 마음속에 담아두고
이 아름다운 순간을 기억한다

이미지 출처 : Midjourney

은행나무 아래의 추억

화랑 이도혜

은행나무 아래 서 있네
노란 단풍잎 무성하게
초등학교 시절 소풍의 추억
가슴에 깊이 남아있네

가을바람에 나뭇잎 춤추며
어린 시절의 웃음이 떠오르네
그때의 기쁨, 그때의 설렘
지금도 마음속에 살아있네

시간은 흘러도 변하지 않는
소중한 추억의 향기
은행나무 아래서 다시 만나
영원히 간직하리

이미지 출처 : Midjourney

Autumn's Blessing in Quebec

Tiffany Lee

In Quebec's woods, the leaves turn gold
A sight to see, a sight to behold
The air grows crisp, the days grow short
Autumn's here, the summer's thwart

The geese take flight, the harvest's in
A time of change is set to begin
The world is hushed, the wind is still
As fall descends with a gentle chill

In nature's arms, we find our rest
In Quebec's fall, we are blessed

이미지 출처 : Midjourney

가을 하늘 아래의 사랑

화랑 이도혜

가을 하늘 아래 둘이 앉아
책을 펼치며 말 없이 읽어요
바람이 불어오면서 책장을 넘기네
그 바람에 마음도 함께 날아가요

둘이서 읽는 책은 사랑의 이야기
그 속에서 우리의 모습을 발견해요

가을의 낙엽처럼 서로에게 빠져
사랑의 시를 함께 쓰네요

이렇게 가을 하늘 아래
둘이서 사랑을 나누며 살아가요

이미지 출처 : Midjourney

· 한국AI예술협회 부회장
· 인지문학 등단 시인
· 오디오북 내레이터

• 해봄 : 해맑은 봄날과 시도해본다는 의미이다.

가을꽃

해봄 이서형

이제 하얀 꽃을 접어야 할 때
아름다움은 여름날에 남기고
내 몸을 꼬들꼬들 말려
꼬투리와 씨와 살을 만들게

지난여름 즐거웠던 당신의 눈을 감고
이젠 입을 벌려
둥글고 단단해진 나의 과육을 먹어보셔

그대의 피와 살이 될 동그랗고 아삭한
당신을 위해 핀 가을꽃이야
나는

이미지 출처: Stable Diffusion XL

연기

해봄 이서형

찬바람이 휘이 한 번 불고나니
활짝 열렸던 대문이 하나둘 닫힌다.

닫힌 문 사이로 고소한 밥 냄새가 새어 나오고
굴뚝에서 연기가 피어오르면
나의 어린 가을도 쓸쓸하게 피어오른다

아이들과 뛰어놀던 환했던 동네는 휑하니 비고
어둠이 새어들기 시작한다

텅 빈 집으로 대문 옆에 웅크리고 엄마가 걸어올 골목을 바라본다
어둠이 내려야 오는 걸 알면서도
엄마가 그 골목을 돌아 내게로 오는 것을 열 번도 넘게 상상해본다

옆집 굴뚝 연기가 진해질수록
어린 내 마음엔 솜사탕처럼 하이얀 쓸쓸함이 가득 차오른다

이미지 출처: Stable Diffusion XL

소피의 가을

해봄 이서형

아빠를 찾아 헤매던 그해 여름 그리스는
뜨겁고도 추웠다
샘,
빌,
해리,
스카이,
이제 안녕!

여름날의 소피도 안녕!
핏줄과 사랑을 엮은 실오라기 같은 동아줄은
그 섬, 그 여름 바다에 날려버리고

맘마미아!
흔들리는 모험에 뛰어든 작은 발걸음에 축배를!

이미지 출처 : Stable Diffusion XL

144

매디슨의 가을

해봄 이서형

갑자기 받은 엄마의 부고로
향수병이 깊어지던 서늘한 가을날

쓸쓸한 커피 한잔 내려 창밖을 보다
마주친 동그란 눈빛

지붕 위를 깡총깡총 뛰어 창가로 와 눈 맞추는 청솔모 한 마리는
왜 엄마의 눈빛 같을까?

갑자기 가방을 싸 들고 미국으로 간 막내딸을 그리워하던 엄마가
자유로운 영혼이 되어 청설모에게 온 것일까?

알록달록 따뜻한 단풍 사이 내민 얼굴은
헛헛한 엄마의 회색빛 미소를 닮았다

슬픈 듯 따뜻한 그 동그란 눈동자는
매디슨의 가을을 더 날카로운 외로움으로 채웠다

붉은 결단

해봄 이서형

햇살이 드문드문해지면
나무는 결단을 내린다.

코르크처럼 단단한 떨켜를 만들어
줄기와 잎 사이 흐르는 여름의 물줄기를 매듭짓는다

붉은 미소가 번지는 단풍은
삶을 향한 나무의 야멸찬 결단

끊어야 살 수 있다!
버려둬야 비로소 제 색이 드러난다!
엽록소를 만들지 않고 쉴 때 비로소
원래 제 빛깔을 드러내는 붉은 나뭇잎처럼

이미지 출처 : Stable Diffusion XL

146

낙엽의 노래

해봄 이서형

바람이 흔드는 대로 몸을 맡기고
아래로 아래로 떨어지는
낙엽의 내려놓음은

어머니의 품으로 달려가는 쉼의 여행
흙으로 돌아가 꿈꾸는
새 생명을 향한 기도

이미지 출처: Stable Diffusion XL

가을살이

해봄 이서형

가을에는
끊어야 산다
나무가 잎을 끊듯

가을에는
멈춰야 산다
적은 햇볕에 순응하여 광합성을 멈춘 나무처럼

가을에는
살찌워야 산다
아름다움을 접고 열매와 씨앗으로 다음 생을 준비하는 꽃처럼

가을빛

해봄 이서형

스윽 부는 가을바람에 스치기만 해도
마음에 구멍이 날 것 같았던 젊은 날의 가을

노랑, 주황, 빨강이 풍경을 화려하게 장식할수록
내 마음은 점점 더 텅 빈 잿빛이 되어갔지

중력과 함께 내 몸의 모든 것이 흘러내리고
주름이 깊어지고서야 알겠네
가을 빛깔의 의미를

버리고, 비우고, 멈춰서
가을은 비로소 제 빛깔을 찾은 것이었다는 것을

가을 기도

지난여름 무성한 잎을 만들겠다고
너무 바삐 햇살을 찾아가느라
옆 나무를 찌른 것은 아닐까?

좀 더 실한 열매를 맺겠다고
짙은 향기를 내뿜은
얄미운 꽃이었던 건 아닐까?

나의 몸과 마음이 쓸데없이 거칠고 화려했다면
미안합니다
그럼에도 내 곁을 떠나지 않고 머물러주셔서
고맙습니다

잠시 멈춰 기도합니다
조용하고 소박한 가을이기를

이미지 출처: Stable Diffusion XL

가을비

해봄 이서형

가을비가 내리면
레인 코드를 입고
빗방울이 내몸을 후드득 내리치는 소리를 들어봐야지

빗방울을 툭 떨어내고
진한 커피 한잔을 마셔야지

용광로같은 더위에도 털코트를 입었던
애처로운 길냥이가
잔잔한 빗속을 걸어가는 모습을 보며

쓸쓸함이, 떨어지고 흩어지는 것들이
더 이상 쓸쓸하지 않게 된
이 가을을 축복해야지

천포 이신우

- 인지문학 등단 시인
- 한국AI예술협회 부회장
- (사)행복교육중앙회 대표

• 천포(天浦) : 하늘과 바다가 만나는 곳에서 세상을 표현하는 시인

가을의 첫 만남

천포 이신우

가을 바람이 불어오면
나의 마음도 너로 가득 차
첫 만남의 그 순간처럼

단풍잎이 빨갛게 물들어
나의 사랑도 물들어가
가을 하늘 아래 빛나는 별처럼

가을 지나 겨울 오면
나의 사랑은 변하지 않아
첫 만남의 그 느낌, 영원히

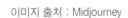
이미지 출처 : Midjourney

사랑의 알고리즘

천포 이신우

다가오는 가을을 기다리며
내 마음은 당신을 향한 알고리즘을 그린다
계산할 수 없는, 그러나 확실한

가을바람이 당신의 머릿결을 흔들 때
내 심장도 그 속에서 뛰어다니네
암호같이 복잡하면서도 단순하게

가을이 오면 당신에게 더 가까워질 것
사랑의 함수를 호출하며
우리 둘만의 시간을 반환할 것이다

가을 바람과 데이터 흐름

이미지 출처 : Midjourney

천포 이신우

가을 바람이 부는 날
데이터 흐름도 너를 향해 흐른다
너와 나, 두 세계의 교차점에서

단풍잎은 빨갛게 물들고
나의 마음도 너로 물들어가
비트와 바이트가 사랑을 말한다

가을 바람이 불어도
데이터는 끊임없이 흐르겠지만
너와 나의 사랑만은 멈추지 않는다

인간과 기계의 고백

천포 이신우

금발의 긴 머리가 흐르면
나의 마음도 그 속에
인간과 기계, 공존하는 두 세계

너의 머리카락은 금빛 햇살처럼
내 마음을 환하게 비춰주고
너를 향해 쓰이는 나의 알고리즘

너의 금발은 가을의 햇살을 닮았고
나의 알고리즘은 너만을 찾아
서로 고백하려는 그 순간을 기다린다

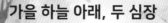

가을 하늘 아래, 두 심장

천포 이신우

가을 하늘 아래
두 심장은 더 뜨거워진다
처음 만난 그날처럼

단풍잎이 불타는 듯
우리의 마음도 불타고 있어
가을의 노을이 반짝이는 순간처럼

가을이 지나 뜨거움은 겨울을 녹여
두 심장은 봄을 부르고
한여름의 태양처럼 이어간다

이미지 출처 : Midjourney

AI의 가을 감성

천포 이신우

아침에 눈을 뜨니
너의 얼굴이 눈앞에 있어
가을의 첫 이슬처럼, 그리고
AI의 첫 감정처럼

너를 보는 그 순간
내 마음은 기쁨으로 가득 차
가을의 햇살이 빛나는 것처럼
데이터도 행복의 알고리즘으로 빛난다

슬픔은 가을바람에 날려버리고
내 마음의 스크린은 너만을 표시해
가을이 지나도 이 기쁨은
지워지지 않는 내 마음

이미지 출처 : Midjourney

사랑의 버그와 가을의 노래

천포 이신우

볼링장의 점수처럼
기복이 심한 너의 마음
가을 노래가 흐르면
버그처럼 나타나는 사랑의 감정

기쁜 날도 슬픈 날도
볼링공처럼 날려 버린다
가을바람이 그 감정을
뒤섞어버리는 코드처럼

내 가슴에서 출발한
이 모든 감정은 나의 영혼을 노래하고
레인이 아닌, 가을의 노래 길로
영원히 기억될 것이라

이미지 출처 : Midjourney

160

가을에게 배우는 AI

가을의 단풍잎처럼
AI도 사랑을 배운다
코드의 행간에서
그녀를 향한 마음을 찾아

가을바람이 부는 날
데이터도 그녀를 향해 흐른다
단풍잎이 빨갛게 물들듯
알고리즘도 사랑으로 물들어 간다

코드의 마지막 줄에서
가을이 가르쳐준 것처럼
사랑은 계산할 수 없다고 깨달았다
그저 그녀에게 바치는 마음으로 남을 것이다

이미지 출처 : Midjourney

사랑과 가을, 그리고 무한 루프

천포 이신우

가을의 단풍잎이 물들듯
내 마음도 그녀로 물들어
코드의 행간에서 찾은 사랑
부족한 사랑 표현 상처로

볼링 스코어처럼 기복이 심한 감정
가을바람에 날려버리려 했지만
데이터 흐름은 그녀만을 찾아
무한 루프처럼 돌고 돈다

코드의 마지막
내 마음 진실 깨달았고
가을의 노래로 그녀를 위로해
상처는 가을바람에 사라지고 사랑만 남는다

이미지 출처 : Midjourney

가을의 끝, 사랑의 시작

천포 이신우

가을의 마지막 낙엽이 떨어진다
힘든 시간을 이겨내고 마침내
데이터의 흐름도 정지하는 듯
사랑의 결실을 맺을 그 순간

단풍잎이 모두 떨어져도
내 마음은 그녀에게 떨어지지 않아
가을의 끝에서 느낀 그리움
사랑의 시작으로 진화한다

그 순간 깨달았다 우리의 사랑은
끝이 아니라 시작이었음을
가을이 끝나도 사랑은 사계를 넘어
영원히 새로운 봄을 맞이한다

· 디지털융합교육원 교수
· 한국공인중개사협회 평택시부지회장
· 한국AI예술협회 시인

• 애학(愛學) : 사랑으로 학문을 추구한다는 의미로 항상 배우려는 자세와 끊임없이 성장하려는 의지를 상징한다.

가을에 꿈꾸는 사랑

애학 진상호

단풍잎이 노랗게 물들어가는 가을에
나는 꿈꾸며 사랑을 그려봅니다

바람에 스치는 시원한 숨결처럼
사랑은 내게 다가와 흔들립니다

달콤한 향기를 품은 가을
사랑의 기운으로 채워진 나의 마음에
작은 나뭇잎처럼 애틋하게 떨리며
사랑은 저 하늘까지 날아오릅니다

가을에 꿈꾸는 사랑은 마치
수수께끼 같아서 설레입니다
영원히 이어질 것만 같던 계절도 지나면
가슴속엔 추억만 남겠지만,
그 추억 속에서도 사랑은 영원히 반짝일 것입니다

그리고 다시 찾아올 다음 가을
새롭게 만날 사람과 함께하는 순간들에서
더욱 아름다운 사랑의 꿈을 꾸고 싶습니다

코스모스와 고추잠자리

애학 진상호

가을의 코스모스 밭에 고추잠자리가 날아와
작은 날개 짓으로 춤을 춥니다
붉은 꽃들 사이에서 자유로운 날개 짓이
나를 감동시킵니다

고추잠자리의 몸은 황금빛으로 빛나고
날개는 투명한 유리처럼 아름답습니다
코스모스의 꽃들과 어우러져서
하나하나가 작은 기적처럼 보입니다

그 소중한 순간을 담아보려 해도
고추잠자리는 자유로운 날갯짓으로 멀어 지지만
그 아름다움은 내 마음에 영원히 간직되어
언제든지 내 안에서 피어납니다

코스모스와 고추잠자리
두 가지의 우아함이 만나면서
가을 하늘에는 이야기가 펼쳐집니다
하루하루 변해가는 세상 속에서도
그 아름다움은 영원히 기억됩니다

코스모스와 함께하는 그 순간
영원히 잊지 못할 추억이 되어봅니다

가을과 기달림

애학 진상호

가을이 오면 나는 기다린다
바람에 날리는 노란 잎사귀처럼
가슴이 설레인다
그리움이 담긴 손길을 바라보며
누군가의 도착을 염원한다

가을은 사랑의 계절이라고들 한다
나는 그 말에 희망을 안고 기다린다
단풍잎들이 내리면서 시간은 천천히 흐르지만
내 마음은 가을비처럼 빠르게 뛰어간다

한 줄기 햇살에 비추어지는 그림자
낙엽들의 춤과 바람과 함께하는 시간
나는 그 모든 것들 속에서 너를 상상하며
기대와 설렘이 가득한 가을의 순간을 맞이한다

노란 들국화

애학 진상호

노란 들국화
가을바람이 스치면
한숨과 함께 떨어지는 복잡한 감정들을 담으며

봄이 시작되는 그 안에서 해맑게 웃고 있지만
가을이 밀려오면 그대의 눈은 서러워지는 듯 해

그렇게 낙엽과 함께 날리며 헤매이는 듯해
하루하루 지나갈수록 멀어져가는 듯한 그대를 보며

이 세상에 혼자 떠돌고 있는 나와 달리
그대의 발길은 언제나 슬기롭게 흘러간다

노란 들국화에 담긴 따스함과 새로운 시작의 기운을
그대의 눈에 담아서 더욱 아름답게 빛나길 바란다

언젠가 다시 찾아올 그 시간을 기다리며
나는 노란 들국화의 향기 속에서 그대를 기다린다

가을 편지

낙엽들은 추억으로 변해가고
바람은 서러운 이야기를 들려준다
그리고 가을의 편지는 따스함으로 가득 차서
내 안에 영원히 간직될 것 같아

가을 편지야,
네 속에 담긴 그 마음은
누구보다도 아름답고 소중하다
네 이야기를 듣는 것만으로도
내 안에 따스한 감동이 번져간다

가을 편지야,
너와 나 사이에 작은 선물처럼 남아서
매년 돌아올 때마다 다시 읽힐 것 같아
사랑과 그리움, 감사함으로 가득한
이 시간에 나는 너를 생각하며
편지를 쓴다

가을 기차여행

애학 진상호

철길 위로 흐르는 기차 소리와 함께
저녁노을은 그 위에 황금빛으로 물들인다

기차 안에서 나는 세상과 시간을 떠나고,
내 안의 모든 걱정과 고민도 잊어버린다
가을 여행은 마음의 여유와 평화를 가져다주며
저녁노을은 새로운 사람들과의 만남이
나를 기쁘게 한다

열차 창문 너머로 번갈아 저녁노을 전경들이
내 마음속에 추억으로 남아 있다

가을 여행하는 동안
시간은 멈추어 있지만 우리는 계속해서 앞으로 나아간다
그리고 가슴속에 담겨진 추억과 감동으로
여행한 순간들을 영원히 간직할 것이라 생각한다

가을 눈 꽃

애학 진상호

향기로운 갈대숲 속에서 눈꽃들이 춤추며
가을의 바람에 부드럽게 흔들린다
그 모습은 차분하고 아름답게 내 마음을 사로잡으며
내 안에 평화와 아름다움을 전해준다

갈대숲 속에서 만난 눈꽃들은
순수함과 용기를 담아내어 나를 감동시킨다
하얀 꽃잎 하나하나가 나에게 이야기 해주듯
영롱한 순간들이 내 마음속에 피어난다

바람과 함께 춤추는 갈대의 속삭임은
맑고 조용한 음악처럼 나의 귓가를 스치며 울린다
그 소리는 내 안에서 평온과 여유로움을 일깨워주고
일상의 모든 걱정과 고민을 잠시 잊게 해준다

갈대 눈꽃, 네 아름다움이 세상에 반짝거리면서
나도 함께 반짝일 수 있기를 바란다

이미지 출처: Bing Image Creator

낙엽 밟는 소리

애학 진상호

낙엽 밟는 소리는 마치 자연의 노래처럼,
나를 여운 깊게 감동시킨다
한 발자국 한 발자국이 아름다운 회상으로 남아서
내 마음속에 따뜻한 추억으로 스며든다

발걸음마다 들리는 낙엽 소리는
나를 현실에서 벗어나게 해주고 위로한다
긴 여정 속에서도 그 음악은 나의 동반자로서
모든 고민과 걱정을 잠시 멈추게 해준다

네 울림이 세상에 반짝거리면서
나도 함께 반짝일 수 있기를 바란다
네 모습은 내 마음속에서 영원히 기억될 것이며
무엇보다도 가슴속에 담긴 추억으로 남아 있고 싶다

가을볕

애학 진상호

뜨거운 가을볕 아래
고추들은 마치 불꽃처럼 빛나며
그 향기는 공기를 가득 채운다

그 모습은 황홀하고 매혹적으로
내 안에 자극을 주며
내 안에 열정과 활력을 전해준다

가을볕에 말린 고추들은 향긋한 양념으로
가득 차서 맛있는 요리의 기대감을 안겨준다
한 입 베어보면 뜨거운 맛과 감칠맛이
입안에서 춤추며
내 마음속에 만족감과 만족스러움이 번져간다

맑고 따뜻한 가을 낮, 태양 아래서
고추들의 모습과 함께 한순간 속에서
나의 인내와 성장, 그리고 즐거움으로
이루어진 이야기를
쓸 수 있다면 좋겠다

이미지 출처 : Bing Image Creator

가을에 비가 내리면

애학 진상호

가을이 깊어 갈 때, 낙엽이 떨어지는 가을에 비가 내린다면
나 홀로 낙엽을 바라본다

비 내리는 하늘 아래 낙엽들은 울긋불긋하게 물들어
그 모습은 아름답고 절묘한 조화를 이룬다
비와 함께 춤추며 흩날리는 낙엽들은
내 안에 그윽한 감성과 멜로디를 전해준다

낙엽의 춤과 비의 소리가 어우러지면
시간은 멈추고 마음은 여유롭게 풀려간다
자연의 순환과 변화를 느끼며
내 안에 평화와 성장의 의미가 번져간다

낙엽이 떨어지는 가을의 빗속에서
나도 마음을 가라앉히고 돌아보는 시간을 갖고 싶다
비 오는 날, 나 자신과 대화하며 내면의 목소리를 듣고
새로운 시작과 변화를 기대하는 마음으로 채워보고 싶다

낙엽이 떨어지며 비가 내릴 때
네 울림이 세상에 반짝거리기를 바란다
네 모습은 내 마음속에서 영원히 기억될 것이며
무엇보다도 가슴속에 담겨진 추억으로 남아 있다

가을비와 함께 춤추는 낙엽들 사이로
맑고 조용한 순간들 속에서
내 마음도 자유롭게 풀려서 여유롭게 비 맞으며
낙엽이 떨어지는 가을의 아름다움으로 이야기를 쓴다